한국 희곡 명작선 121

살암시난 (제주 방언으로 '살다 보니까'를 의미)

한국 희곡 명작선 121

살암시난

강재림

평민사

강재림

살암시난

등장인물

수억 – 80대 할머니. 4.3 사건으로 가족을 모두 잃은 아픔을 간
　　　직한 유족.
수영 – (현재) 직장인. 부모의 결혼 반대로 큰 아픔을 겪고 있는
　　　여성.
수영 – (과거) 수억의 언니. 4.3 당시 13세의 나이로 사망함.
만수 – 수억의 손자이자 수영(현재)의 대학 후배. 수영을 짝사
　　　랑함.
명희 – 수억의 동네 주민센터에 근무하는 공무원으로 만수를
　　　짝사랑함.
군인 – 4.3 당시 토벌대.

배역

현재의 수영과 과거의 수영은 한 배우가 연기할 수 있다.

무대

무대는 제주도의 어느 바닷가 마을의 마당 있는 1층집이다. 중
앙에 안채가 있고 오른쪽에 바깥채가 있는데 바깥채는 민박으
로 활용된다. 왼쪽에 서 있는 대문은 바깥으로 통하고, 안채 양
쪽 뒤로는 각각 부엌으로, 화장실로 통하는 통로가 된다.
이 시골집의 풍경은 제주도의 아주 먼 과거로부터 출발하여 80
년대에 멈추었지만 (돌담과 시멘트의 복합체) 현대의 손길도 가
미된 듯한 인상을 준다. 이 집의 주인인 수억이 과거의 시간 속
에 머물러 있음을 드러내 주면서도, 현재의 복잡한 삶에서 탈출
한 수영에게는 이 집의 모양(돌담 모양 무늬, 미닫이문 등)이 한
가한 휴식의 분위기를 선사한다. 하지만 그 풍경 안에는 좀 더
깊은 아픔이 담겨 있다. 또한 후반에 완전한 무대 전환을 꾀할
수 있어야 한다.

1.

민박집. 대문 안으로 들어서기 직전의 수영. 한 손에 캐리어를 끌고서 휴대폰으로 전화 통화를 하고 있다.

수영　지금 막 도착했어. 좋지. 공항에서 여기까지 오는데도 바다 풍경 하며 야자수 하며 한라산까지 너무 좋아. 그 사람? 그 사람도 연락 끊고 왔지. 엄마가 그렇게 싫다는데 나도 그냥 다 끊고 생각 좀 해보려고. 걱정 마. 이상한 생각 같은 거 절대 안 하고, 그저 잠시 쉬면서 정리해보려는 거니까. 말 나온 김에 네가 그 사람한테 문자 좀 넣어주라. 수영이 잘 있다고. 지금 다 왔으니까 끊을게.

마당으로 들어와 안채와 바깥채를 두리번거리는 수영.

수영　계세요? 만수야!

이때 수영의 목소리를 듣고 안채에서 얼른 뛰어나오는 만수.

만수　아이고, 누이 오셨수과? 혼저옵서예. 먼 질 오시젠 허난 막 힘들었지예? 폭삭 속았수다. 인제부터 우리 만수르 민

7

박에서 정성으로 모시크메 맨도롱 또똣헌 방에서 펜안히 쉬어붑서 예?

수영 겨울도 아니고 맨도롱 또똣은 무슨!

만수 오! 사투리 좀 아네?

수영 요새 그 정도도 모르면 간첩이지. 이 녀석이 누나가 온다고 했으면 미리 대문 앞에 딱 나와서 대기하고 있어야지. 빠져 가지고 말이야.

만수 앗! 죄송합니다. 제가 밀린 비즈니스가 좀 있어 가지고 말입니다.

수영 사업은 잘돼?

만수 아직은. 집 인테리어도 다 못 해서 룸도 2개밖에 없고.

수영 웬일이야? 숙박업계의 백종원을 꿈꾸는 우리 만수르 총각이. 사업 개시했으면 꽈꽈 추진해서 성수기에 한몫 잡아야 되는 거 아냐?

만수 에이 그래도 할머니도 계시고 하니까 내 맘대로 하는 것도 그렇고.

수영 그니까 당분간은 서울서 취업 자리나 더 알아보라니까.

만수 내가 누나처럼 학점이 됩니까? 영어가 됩니까? 요즘 같은 취업난에.

수영 (머리를 가리키며) 하기야 넌 이건 안 되지만 (손으로 말하는 시늉) 이게 되니까.

만수 그리고 찬바람 쌩쌩 부는 서울살이보다는 고향이 휠 낯지. 원래 고향이 바닷가잖아? 그럼 이런 생각을 다들 하며

산다고. 언젠가는 고향에 내려가서 바다 보이는 집 짓고 편안히 살아야겠다!

수영 여기 바다 안 보이는데?

만수 언젠가. 언젠가.

수영 할머니는 어디 계셔?

만수 안방에.

수영 인사 드려야 하는 거 아니야?

만수 이따 나오시면. 지금 드라마 보고 계셔서 방해하면 안 돼.

수영 내가 묵을 방은?

만수 (바깥채를 가리키며) 저기. 이름하여 멘도롱 또똣 룸!

수영 이름 바꾸라니까!

만수 그럼 놀당 쉬당 룸!

수영 그렇지. 만수르 민박, 놀당 쉬당 룸 좋네.

만수 (안채 뒤쪽을 가리키며) 화장실은 저쪽. 아 참, 제주도는 뒷간에 돼지 키우는 거 알지? 제주도 말로 도새기. 변기에 딱 앉으면 밑에서 도새기가 인사할 거야. 꿀꿀 혼저옵서예. 꿀꿀.

수영 (무서운 척하며) 어머 진짜! (다시 맞받아치며) 귀여워. 도새기 안녕. (들어가려 한다)

만수 근데 누나.

수영 응?

만수 남자친구랑 잘 만나고 있어?

수영 왜?

만수	아니, 뭐 결혼한다 어쩐다, 하다가 요새 또 아닌 거 같다, 하기도 하고.
수영	누가 그래?
만수	아니 뭐 다 듣는 귀가 있지.
수영	참 내, 벌써 제주도까지?
만수	아니야?
수영	헤어졌다! 됐냐!

수영이 캐리어를 들고 바깥채의 방으로 간다. 수영이 방으로 들어가자 혼자서 기쁨을 감추지 못하는 만수.
그는 흥에 겨워 춤을 추기 시작한다.
이때 안채의 방에서 조용히 걸어 나오는 수억. 그녀는 안채의 마루에 서서 만수가 요란하게 추고 있는 춤을 구경한다.

수억	어이구, 잘헌다! 어이구 잘헌다!

깜짝 놀라 춤을 멈추고 돌아서는 만수.

만수	할머니 나오셨수과?
수억	무사 경 지꺼정 들러켬시니? 무신 좋은 소식 이시냐?
만수	아 예, 서울서 학교 선배가 와 가지고요.
수억	선… 배?
만수	예. 누나 마시. 누나.

수억	아, 누이. 누이가 와신디 경 지꺼져? 어떵 헌 누인디?
만수	전에 왜, 서울에 완전 착하고 예쁜 누나 있다고 안 했수과 예? 그 누나 마시.
수억	아, 그 지지빠이가 와서?
만수	예.
수억	(만수의 춤을 흉내 내며) 경허난 우리 손지 막 지꺼정 천방지 축 날뛰었구나 이?
만수	아하하. 천방지축.

수억이 안채 뒤쪽으로 사라진다.

이윽고 방에서 나오는 수영. 그녀는 짧은 반바지 차림으로 방을 나선다. 그 차림이 신경 쓰이는 만수.

만수	누나 그…
수영	왜?
만수	어디 가게?
수영	응. 요 앞에 바닷가 좀 가보게.
만수	벌써?
수영	벌써, 라니. 여기 와서 그럼 방에만 콕 처박혀 있으리?
만수	이따 점심 먹고 나랑 같이 가지. 내 차로 드라이브도 좀 하고.
수영	내가 너랑 다니러 왔냐? 그리고 나 걸어 다닐 거야.
만수	(다시 반바지에 신경을 쓰며) 근데 그…
수영	그 뭐?

만수	반바지가 너무 짧지 않아?
수영	참 나. 네가 내 아빠냐?

이때 수억이 뒤에서 나온다. 그녀를 발견하고 인사시키기 위해 다가가는 만수.

만수	할머니. 아까 말씀드린 누이마시.
수영	안녕하세요, 할머니.
수억	응. 그 착허고 곱닥헌 누이?
수영	저는 김수영이라고 합니다.
수억	김… 수…
수영	수영입니다.
수억	수… 영…

수억은 툇마루에 앉아 수영의 얼굴을 빤히 쳐다본다. 이를 의아해하는 수영과 만수.

수억	곱닥허다.
만수	(통역한다) 예쁘다고.
수영	감사합니다. 할머니가 훨씬 예쁘세요.
만수	할머니가 더 곱닥허다고 하는데요.
수억	곱닥은. 다 늙어빠진 할망 숭보는 거 아니여.
만수	다 늙… 할머니 흉 보는 거 아니여.

수영 홍은요, 할머니. 제 눈에는 할머니 어린 시절이 싹 보이는 걸요?

수억 어이구, 터진 고망이엔 조잘조잘 말도 잘 골암져.

만수 음… 그러니까 … 예쁜 입으로 말도 잘 한다고.

수영 예쁜 입 아닌 거 같은데? 터진 입인 거 같은데? 호호호.

수억 맞다. 터진 입고망. 허허허.

만수 하하하. 근데 할머니, 저 누나가 저 차림으로 막 다닌다 그러네요.

수억 무사 저 차림이?

만수 아니 저 핫팬츠, 아니 반바지가 너무…

수억 요새 지지빠이들은 하근디 다 내낭 막 돌아댕겨도 시원허기만 행 좋주게.

만수 (할머니 말을 바꾸어서) 누나 거봐, 요새 여자들 다 내놓고 돌아다니고… 노출이 너무 심하다잖아. 우리 할머니가.

수영 아닌데? 시원해서 좋다는 말씀인데. 그죠, 할머니?

수억 잘 알아들엄싱게. 허허. 게난 얼마나 살앙 갈 거?

수영 예. 주말까지 있으려구요.

수억 혼자 돌아댕기문 심심허지 안 허카? 우리 만수영 끝이 돌아댕기문 되큰게. 운전기사도 허여주고, 사진도 찍어주고.

만수 할머니, 히히. 그렇지 않아도…

수영 아니요. 혼자 다니려고요. 제가 혼자 다니면서 생각할 게 좀 있어서요.

수억 기가? 게문 조심조심 잘 댕경 와이? 늦게랑 댕기지 말고.

수영   네. 할머니.

수억이 안채의 방으로 들어간다. 불만스런 표정으로 할머니의 뒷 모습과 수영을 바라보는 만수. 그에게 혓바닥을 내밀며 놀리는 수영.

만수   누나, 일주일 내내 혼자 다닌다고?
수영   그럼.
만수   나랑 데이트하러 온 거 아니었어?
수영   쬐끄만 게 까불고 있어.
만수   내가 이렇게 큰데 이!
수영   어쭈구리!

만수가 수영에게 바짝 다가가서 내려다본다. 이에 맞서서 주먹을 불끈 쥐는 수영. 다시 한 발 물러서는 만수.

수영   (슬쩍 돌아서며) 다닐 만큼 다녀보다가 시간이 좀 남으면…
        그때 뭐 소주나 한 잔 하던가.
만수   (다시 다가서며) 그게 언젠데?
수영   글쎄…

이때 밖에서 들어오는 명희. 그녀는 둘이 바짝 다가서 있는 모습 을 보고 의심의 눈초리로 바라본다.

명희 (만수의 등을 째려보다가) 오라방, 뭐 해!

만수 어… 며… 명희야.

명희 (수영을 보고는 만수에게) 누구…?

만수 어… 서울서 온 우리… 대학 선배. 며칠 제주도 여행하신 다고.

명희 뭘 그리 버벅대? (어색한 서울말로 수영에게) 아, 안녕하세요? 말씀 많이 들었어요. 저는 고명희라고 해요.

수영 제 말씀을요? 아 네. 저는 만수 한참 선배 되는 김수영입 니다.

명희 아, 수영씨. 우리 만수르 민박에는 어인 일로? 아직 정식 영업 오픈일이 많이 남았는데?

만수 많이 남았다니, 내가 사장인데 내가 정하는…

명희 (만수의 말을 가로채며) 혹시 공짜로?

수영 에이 설마요. 저는 그냥 일반 펜션을 알아보고 있었는데 요. 우리 만수 후배가 그렇게 '오라고, 오라고' 해 가지고 어쩔 수 없이 이리 왔네요. 요즘 세상에 지인이라고 공짜 가 어디 있나요? 제값 내고 묵어야죠.

명희 아, 그러셨구나. 근데 제주도에는 혼자 오셨어요?

수영 혼자.

명희 어머, 여자 혼자서? 너무 멋지다! 요새 제주도에 여자들 혼자 많이 오거든요. 역시 혼자 온 육지 남자들 만나 새로 운 사랑 이뤄서 가곤 하는데 그거 알고 오셨구나! 그럼 게 스트하우스가 딱이었는데. 아무튼 요 앞이 해안도로인 거 아시죠? 조금만 더 가시면 백사장 쫙 펼쳐진 해수욕장이 나오거든요. 거기 그렇게 멋진 남자들이 복근을 막 내놓고 다니더라구요. 거기서 바람도 실컷 쐬시고 혼자 온 남자들이랑 부킹도 많이 하시고, 또 같이 자리물회에다 소주도 쫙!

만수   자리물회는 무슨 자리물회냐! 철도 다 지났는데. 넌 가서 너 볼 일이나 봐!

수영   (명희에게) 조언 고마워요. (만수에게) 그럼 나 갔다 올게, 만수 후배!

만수   어… 어. (따라가며) 조심히 다녀. 운전기사 필요하면 얘기하고!

만수가 수영이 나간 쪽을 바라보며 아쉬워하고 있다. 그런 만수의 뒤통수를 다시 노려보는 명희. 만수가 고개를 돌려 명희와 눈을 마주치게 되자 소스라치게 놀란다.

만수   아 깜짝이야! 뭘 그리 뚫어지게 보냐?

명희   누군데?

만수   아까 말했잖아. 대학 선배라고.

명희   나한테 그런 말 안 했잖아!

만수   무사 나가 너한테 그런 말까지 해야 되나?

명희   무슨 대학 선배라는 여자가 이렇게 남자 후배 혼자만 사는 집에 찾아와서 숙박을 하지? 그것도 혼자서! 제주도에

널린 게 펜션에, 호텔에, 게스트하우스에, 아주 넘쳐나는 구만!

만수 나가 왜 혼자냐? 우리 할머니랑 잘 살고 있구만.

명희 이거 이거. 완전 수상하다이!

만수 그 눈에 힘 좀 풀어라이! 눈알에서 레이저 나오겠다. 어여 가서 네 일이나 봐. 남 일에 간섭하지 말고.

명희 나도 여기 일 있어서 왔다!

만수 무슨 일?

명희 (들고 온 서류봉투를 보이며) 이 일! (안방을 향해 여우 같은 소리를 내며 마루로 올라간다) 할머니 안에 계시우꽈?

수억 (안방에서 고개를 내민다) 아이고, 우리 명희 와샤?

명희 예 할머니. 히히. 아침은 드셨지예?

수억 게게. 먹었주게.

명희 (주머니에서 비닐에 담긴 떡을 꺼내며) 할머니, 우리 센터에 부장님 딸이 시집간다고 떡 돌리시길래 하나 가져와 봤는데. 드셔 보시쿠과? 완전 달아 마시.

수억 (받으며) 기가? 아이고, 우리 명희, 보민 볼수록 막 아까왕 죽어지켜이.

명희 에이, 우리 할머니가 더 아까우시죠.

수억 명희도 시집가사 헐 건디 누게가 데령 갈지 촘말로 복 받았주. 복 받아서.

명희 그리 복 받겠다 하실 거면 할머니가 데려가시면 되죠. 히히.

수억 아이고, 나가? 나가 어떵 데려가게. 우리 손주나 데려가문 또 모르카.

명희   아이, 그렇게 말씀하시면 또 제가 어쩔 수 없이⋯ (만수를 돌아본다)

수억   우리 손주한틴 명희가 호썰 아깝긴 허다.

명희   에이, 아니우다.

만수   그죠, 할머니? 그 미모에, 그 직업에. 내가 감히 어떻게⋯

명희   그래도 할머니가 굳이 저를 데려가시겠다면 뭐 제가 양보 해야죠. 호호호.

만수   저, 밀린 업무 좀 처리해야 돼서⋯

만수가 황급히 빠른 속도로 들어간다.

명희   업무는 무슨⋯ (다시 수억을 돌아보며) 그리고 할머니. 이거 좀.
수억   무시거?

명희   (봉투에서 서류를 꺼내며) 이게 뭐냐 하면 있잖아요. 나라에서 할머니, 할아버지들한테 돈을 준다는 거거든요.

수억   돈?

명희   예. 그게 4.3 유족들 대상으로 보상을 해준다는 내용이거 든요. 신청하시면 보상금을 아주 많이 준대요.

수억   (갑자기 서류를 물리치며) 저레 치우라. 난 일 었다.

명희   할머니. 이거 되게 중요한 거예요.

수억   중요헌 거고 나발이고 난 일 었댄 허난.

명희   할머니, 4.3 때 할머니의 아버지랑, 어머니랑, 또 언니까지

다 돌아가셨다고 하셨잖아요. 그때 마을 회관서 인터뷰하
실 때 증언하시지 않으셨어요? 그거 이제 나라에서 다 확
인하고 보상해준다니까 받으셔야 해요. 세상이 많이 바뀐
거예요. 다른 거 없고 그때 하셨던 얘기 도청에 가서 다시
해주시고 도장만 딱 찍어주시면 …

수억   난 일 었댄 허난. 너 또 영 헐 거문 여기 오지 말라! 재개
일어사불라.

수억이 들어가 방문을 닫아버린다.

명희   아이고, 할머니 진짜.

난감해하며 일어서는 명희.
무대 전환.

2.

다시 어스름해진 민박집의 저녁. 만수는 음악을 틀어놓고 운동을
하고 있다.
잠시 후 안채 오른쪽 뒤편에서 수억의 목소리 들린다.

수억   (밖에다 대고) 만수야. 이 상 가져가불라.
만수   (안을 향하여) 예!

만수가 뛰어 들어가더니 밖으로 밥상을 들고 나와 안채의 마루에
다 갖다 놓는다.
이윽고 뒤따라 나오는 수억.

만수   감사히 잘 먹겠습니다. 할머니.
수억   기여. 누이는 저녁 먹으레 안 올 거?
만수   예. 저녁식사는 프로그램에 없어서 마시.
수억   프로… 무시거?
만수   민박 프로그램이요. 민박 손님 계획표.
수억   게문 아는 사람신디 돈 받앙 장사 허는 거라?
만수   예. 돈 안 받으면 안 온다고 해서 마시.
수억   기가?

만수	할머니, 우리 민박은 있잖아예. 저녁은 안 먹이고 아침은 주는데, 손님이 다음날 아침에 먹고 싶은 거 사갖고 오면 예, 아침 밥상에 딱 올려주는 거 마시.
수억	조반 밥상에? 게문 너가 그 반찬 출려줄 거라?
만수	아… 그건 아니고… 우리 할머니가. 하하.

이때 밖에서 명희가 들어온다.

명희	(조심히 불러보며) 할머니, 명희 왔수다.

수억이 명희가 오자 그녀에게서 등을 돌리고 외면한다.

명희	(은근히 애교스럽게) 할머니이.
수억	나 분명 오지 말랜 고라실 건디.
명희	히히. 할머니. 저 일이 좀 늦게 끝나 가지고예, 저녁 쪼끔 얻어먹으러 왔어요.
수억	멫개라! 자기 집이 강 밥 먹어사주 무사 여기 왕?
명희	에이, 저는 할머니가 차려준 밥이 젤로 맛있거든요. 히히. 저 아까 아침에 드린 말씀은 그냥 다 없던 걸로. 히히. 다시는 절대로 안 할게요.
수억	어이구 미왕 죽어지켜. 정지에 강 밥 가져왕 먹으라.
명희	예 할머니!

명희가 얼른 안채의 오른쪽으로 사라졌다가 밥그릇을 들고 나타
난다. 그리고 할머니 옆에 앉아있는 만수를 옆으로 밀치며 그 사
이에 앉는다.

명희　(밥을 먹으며) 그 지지빠이는?

만수　지지빠이라니. 한참 언니한테!

명희　지지빠이지. 그럼 손아이라 할까?

만수　참 내! 디너는 민박프로그램에 없거든. 온니 브랙퍼스트
　　　　만 있거든.

명희　거, 프로그램 하나 기가 막히다이. 아이고, 같이 저녁도 못
　　　　먹어서 얼마나 섭섭하려나. 그럼 혼자 돌아다니다가 눈
　　　　맞은 손아이하고 저기 바닷가서 저녁 먹고 있겠네. 술도
　　　　한 잔 딱 해주고! (그녀를 흉내 내듯) 어머, 저 술 못해요. 하
　　　　지만 딱 한 잔만 할게요.

만수　말하는 꼬라지 하고는.

명희　할머니, 그렇지 않을까요?

수억　(만수를 놀리듯) 게메, 곱닥허난 경 헐 것도 닮다이.

명희　(질투하듯) 아니 뭐 그리 곱닥하지도 않던데.

수억　기여. 우리 명희가 훨씬 더 곱닥허지이? 허허허.

명희가 만족해하며 맛있게 밥을 먹는다. 이때 밖에서 수영이 들어
온다. 그녀의 한 손에는 검은 비닐봉지가 들려있다.

수영　　저, 다녀왔습니다.

만수　　(몹시 반기며) 어, 일찍 왔네? 저녁 안 먹었으면 같이 먹지. 밥 가져올까?

수억　　기여. 이레 앉앙 곹이 밥 먹으라. 안 먹어시문.

수영　　아니에요, 할머니. 저 저녁 먹고 왔어요. 제주도에 맛집들 검색하고 왔거든요.

명희　　거 봐. 내 말이 맞지?

만수　　맛집? 나한테 물어보고 가지. 추천 맛집들 다 비싸기만 하지 맛은 없어.

수억　　어디 어디 댕경와시니?

수영　　음… 일단 해안도로 따라서 계속 걷다가요, 올레길도 갔다가. 버스 타고 서귀포도 가구요.

만수　　서귀포까지! 혼자서 심심하지 않았어?

명희　　(조용히 만수에게) 혼자가 아니라니깐.

수영　　혼자라서 너무 좋던데.

만수　　참 누나, 내일 아침에 먹고 싶은 거 사 왔어?

수영　　그럼. 내가 뭐 사 왔는지 보여줄까?

만수　　뭔데?

수영　　내가 오늘 서귀포에서 정방폭포를 갔었거든. 근데 거기서 해녀들이 잡아 올린 해산물을 팔더라고. 그래서 사 왔지. 할머니랑 만수랑 다 같이 먹으려고. (까만 비닐봉지를 들어 올리며) 짜잔! 전복이랑 해삼!

수영이 비닐에서 해산물을 꺼내 보여주는데 이때 수억이 깜짝 놀라 숟가락을 놓더니 휙 돌아서며 일어서버린다.

수억   저레 치우라!

수억이 안채의 방 안으로 들어가 버린다.
어찌 된 영문인지 모른 채 어안이 벙벙하여 잠시 할 말을 잃은 사람들.

수영   할머니 왜 저러셔?
명희   …
만수   해산물 안 드시긴 하는데 그래도 저 정도까지는…

무대 전환.

3.

다음 날 아침 민박집 마당.

수영이 방에서 나와서 한숨을 쉬고는 멍하니 밖을 바라보는데 휴대폰 벨이 울린다. 망설이던 그녀는 전화를 받는다.

수영 안 받으려 하다가 받는 거야. 나 멀리 와 있으니까 당분간은 찾지 말고 전화도 하지 말라고. 휴가 내고 왔으니까 회사에도 전화하지 말고. 그래. 그 사람이랑 같이 왔어. 엄마가 먼저 인연 끊자며! 그렇게까지 얘기해놓고서 무슨 걱정 타령이야? 아 상관 마 좀! 내가 집에 들어가든 말든, 그 사람이랑 헤어지든 말든, 내가 여기서 그 사람이랑 같이 죽든 말든 상관하지 말라고!

전화를 끊어버리는 수영.
이때 안채에서 나오는 만수, 그녀의 분위기가 심상치 않음을 느끼고 슬그머니 다시 들어가려 하다가 수영의 눈에 띈다.

수영 일어났어?
만수 (태연하게 다시 돌아서며) 어 누나, 잘 잤어?
수영 잘 잤지. 공기가 좋으니까 아침에 정말 개운하네. 여기서 살면 무지 건강해질 거 같애.

만수   그거 플래시보 효과야. 매일 살아봐. 똑같지.

수영   그래도 맨날 늦잠 자는 녀석이 여기서 사니까 일찍 일어
나는 거 봐.

만수   늦잠 자다니 내가 언제 늦게 일어나는 거 봤어?

수영   오전 수업에 맨날 늦게 왔잖아. 그러니까 학점이 그 모양
이지.

만수   아 진짜. 누나는 내 과거를 너무 많이 알아.

수영   치… 할머니는?

만수   할머니는 진작에 일어나셨을걸?

수영   (다가가서는 조용히) 어제 왜 그러셨는지 여쭤봤어?

만수   (역시 조용히) 아니. 어떻게 여쭤봐.

그런데 이때 수억이 안채의 방에서 나온다.

수영   할머니 일어나셨어요?

수억은 그녀의 말을 무시하고 나와서 안채의 왼쪽 즉 화장실 쪽으
로 걸어간다.

만수   (태연한 척하며 수억에게 들리게) 그래서, 오늘은 어디 갈 건데?

수영   (마찬가지로 태연한 척) 글쎄. 오늘은 성산일출봉으로… (할머
니가 사라지자) 아직 안 풀리셨나 본데?

만수	글쎄.
수영	그 해산물은 어떻게 했어?
만수	냉동실에 넣어놨지.
수영	냉동실에? 왜?
만수	그럼 그걸 버려? 그 비싼 걸?
수영	그래도 할머니 보실 텐데.
만수	괜찮아. 어차피 할머니는 냉동실 음식은 안 쓰시니까 안 보실 거야.

이때 수억이 화장실 쪽에서 나와 반대편 즉 부엌 쪽으로 걸어간다.

수영	할머니 …
수억	(무시하고 지나치려 한다)
수영	할머니, 저 죄송해요.
수억	(멈춰 선다)
수영	할머니, 어제 제가 좀 무례했죠? 해산물 싫어하시는 줄도 모르고.
수억	일 었다. 조반 촐리크메 먹엉 나사라.
수영	할머니, 저 아침 안 먹을 테니까 안 차리셔도 돼요.
수억	무사?
수영	저 원래 아침 안 먹거든요. 그러니까 그냥 나갈게요.
수억	건 아니여. 잔소리 말앙 먹엉 나사. 돈 받는 거난.
수영	… 네.

수억이 반대편 즉 부엌 쪽으로 사라진다.

수영   어떡하지? 기분이 안 풀리신 거 같은데.

만수   에이, 걱정 마. 제주도 할머니들 원래 말투가 그래. 싸우는
         거 같이.

수영   어이구. 저 생각 없는 거하고는. 네가 여자를 알아?

만수   아, 알지.

수영   알긴. 맨날 차이기나 하면서.

만수   차이긴 뭘 차여!

수영   진희, 수빈이, 화영이.

만수   아, 그건…! 아 진짜, 언제 적 얘기를 해! 그건 군대도 가기
         전이잖아!

수영   그런가?

만수   나 군대 갔다 오고 나선 오로지 한 사람뿐이란 말이야!

수영   그래? 누군데?

만수   … 아 몰라!

수영   되게 궁금하네. 누굴까?

만수   (말을 돌리며) 근데 누나.

수영   왜?

만수   할머니, 아무래도 어제 그 해산물 보여주기 전에 기분이
         상하신 거 같애.

수영   언제?

만수   정방폭포.

수영　정방폭포?

만수　웅. 그 얘기 할 때 이미 안색이 싹 변하셨거든.

수영　진짜? 왜?

만수　그건 나도 모르지. 근데 생각해보면 예전에도 정방폭포 얘기 나온 적 있었는데 그때도 그랬던 거 같애.

수영　왜 그러시지? 정방폭포는 제주도에서 제일 유명한 폭포 아냐? 난 천지연폭포보다 정방폭포가 더 좋던데. 바다와도 연결되어 있고. 물 떨어지는 것도 웅장하고.

만수　내가 추측컨대…

수영　뭐?

만수　거기서 한 번 빠지셨던 거 아닌가?

이때 갑자기 부엌 쪽에서 나타나는 수억.

수억　어제 가져온 전복이영 해삼이영 촐려시난 만수가 밥상 가져당 먹으라.

만수　예? 아니 그거 안 하셔도 되는데 나중에…

수억　(안채를 향해 가다가) 경허고 수영이 너.

수영　네 할머니.

수억　어명신디 말버릇이 그게 뭐꼬? 경 허문 안 된다.

수영　…

수억　어멍 말 잘 들어산다. 어멍 말 거역허영 여기까지 왔젠 허문 재개 짐 쌍 올라가불라.

수억이 안채의 방으로 들어간다.

갑작스런 꾸지람에 멍하니 서 있게 되는 수영. 역시 옆에서 어찌할 바를 몰라 눈치를 보는 만수.

만수   누… 누나 아침…

뭔가 결심한 듯 방으로 들어가 문을 닫는 수영. 이 모습을 보고 다시 안절부절못하고 수영의 방을 기웃거리면서도 들어가지 못하는 만수.

잠시 후 바깥채의 방에서 수영이 캐리어를 들고 외출복 차림으로 나온다.

마당을 서성이며 기다리다가 그녀를 본 만수가 얼른 그녀 앞으로 달려가 막아선다.

만수   누나. 어디 가게?

수영   가야지.

만수   어딜?

수영   보면 몰라? 여기서 더 묵을 수 없으니까 딴 데 알아봐야지.

만수   아, 누나! 그걸 말이라고 해? 여기서 토요일까지 묵기로 결제까지 다 했잖아.

수영   환불해 주면 되지. 내가 계약 취소하는 거니까 위약금 떼고 주던지. 할머니가 그렇게 말씀하시는데 어떻게 더 있어?

만수   할머니가 그러신 건 그냥 충고잖아. 어르신 충고. 그 정도도 못 받아들여?

수영 못 받아들이는 게 아니라 할머니 신경 쓰시게 해드리고 싶지 않다고.

만수 (수영을 잡으며) 그러지 마. 나를 봐서라도 좀 참아, 응? 내일 부턴 아침도 안 먹고 나갔다가 저녁 늦게 들어오면 더 이상 마주칠 일도 없잖아.

수영 안 뇌? 손님이 나가겠다는데.

이때 안채의 방에서 다시 나오는 수억. 역시 외출복 차림으로 나와 둘의 실랑이하는 모습을 보게 된다.

수억 아직 조반도 안 먹엉 무신 소란이고.

만수 아무것도 아니우다.

수영 할머니, 저 이제 가려구요. 그동안 감사했습니다.

만수 아니우다! 오늘도 구경 다닌다고 이제 나가는 거 마시.

수억 (수영의 차림을 확인하고) 무사? 게난 어멍 말 당최 못 들어지크냐?

만수 (통역한다) 그러니까 음… 어머니 말대로 절대 못 하겠냐고.

수영 못 하는 게 아니라 생각 좀 해보고 있는 거예요.

만수 못 듣는 건 아니고 예, 생각 좀 해본다고…

수억 (만수에게) 그건 알아들어진다. (수영에게) 무신 생각? 부모가 뭐센 고르문 잘 알아수다 행 따라야지 자식이 경 말 안 들엉 되싸복닥 해불문 어멍 모심은 성행 살아질 거냐?

31

만수 그러니까… 부모님 말씀 안 들어서 음… 되싸복… 잘 들어야 한다.

수영 할머니, 제 사정 모르시잖아요.

수억 모르긴 뭘 모를 말이고. 너 만난댄 헌 손아이, 어멍이 궂댄 허난 영 짐 쌍 나와분 거 아니라!

수영 그냥 그래서 나온 게 아니에요… 아무튼 실례했습니다. (나가려 한다)

수억 부모 살앙 계실 적에 잘 모시멍 살아야주. 경 허당 늙엉 돌아가불문 그때 강 막 후회헐 거라? 너 그추룩 곱닥허게 잘 키왕 잘 멕영 잘 살게 해준 사람이 누게고? 그 좋은 대학이영 공부 다 시키고, 멀쩡헌 직장꺼정 들어가게 뒤치닥거리 해준 것도 어멍 아방 아니라? 또 너 좋댄 허는 그 손아이는 누게 덕에 만나진 거라? 다 부모가 잘 키왕 놓으난 그 손아이 눈에 들어진 거 아니라!

수영 (다시 돌아서며) 할머니 말씀 맞아요. 다 부모님 잘 만난 덕에 이렇게 됐어요. 그런데! 그런데 이제는 절 믿어주셔야죠. 다 키우셨으면 딸이 하는 선택도 존중해주셔야죠. 아직도 아무것도 모르는 아이처럼, 아니 자기 말대로 하면 다 따르는 로봇처럼 왜 절 그렇게 대하시냐구요! (주저앉는다)

사이.

수억 (차분한 어조로) 기여. 다 알아지켜. 툴허게 골앙 나가 미안허다.

만수   (다시 **통역**) 툴허게, 아니 퉁명스럽게 얘기해서 미안하다. (다가가서) 누나.

수영   (일어서며) 아니, 제가 죄송해요.

수억   나 생각에는, 너가 경 반항만 허영 집 나오곡 허지 말앙, '이 손아이는 이추룩 좋은 사람이우다' 허영 차근차근 골으른 되지 안허카 허는 말이랐주.

만수   어머니한테 차근차근 말씀 잘 드리라고. '이 남자 이렇게 좋은 사람입니다.'

수억   나가 못 배왕 일자무식이라부난 경 고라진 거여.

만수   못 배우셔서 일자무식이라 그리 말씀… (수억에게) 에이, 할머니 그건 아니죠.

수억   하여튼 나가 미안허다.

수영   (사이) 아니에요. 제가 너무 무례했어요. 죄송합니다.

수억   이 할망신디 먼저 혼 번 고라봐지크냐?

수영   뭘요?

수억   그 손아이 어떵 헌 손아인지. 어떵 헌 손아이난 경 죽엉 못 살아지큰지.

수영   아, 그 사람이요? … 그냥 … 좋은 사람이에요. 착하고.

수억   착허여? 착허문 됐주.

수영   그리고… 다리가 좀 불편해요.

수억   다리?

수영   네. 10년 전에 교통사고를 당했어요.

수억　　아이고 어떵허코.

수영　　옛날에는 좀 활달했었나 봐요. 지금도 그렇긴 한데. 오토바이 타다가 트럭에 부딪혀서. 아예 더 살지 못하는 줄 알고 죽으려고 했었대요. 근데 어느 날부터 재활 열심히 해서 휠체어도 타고, 다시 할 수 있는 일도 찾고, 이젠 누구보다 열심히 살고 있어요.

만수　　지… 진짜? 난 그런 얘긴 몰랐는데.

수영　　숨길 건 없었는데, 떠들고 다닐 일도 아니라.

수억　　게난 어떵 허당 만나지고?

수영　　제가 학교 때부터 주말마다 봉사활동을 다녔거든요. 거기서.

수억　　착헌 사람들끼리 잘 만나졌구나. 경 끼리끼리 다 인연이 되는 거여.

수영　　엄마한테도 그런 얘기 전혀 못 하고 있다가, 이 사람이다 확신이 서니까 소개를 해야겠더라구요. 근데 엄마가 휠체어에 앉은 그 사람 보시더니 큰 충격을 받으셨나 봐요. 그 자리에서 아무 말도 안 하시고.

수억　　진작에 안 골아시문 경 해실 테주.

수영　　그 다음부터 엄마랑 나랑 계속 냉전 상태로 몇 달 동안.

만수　　둘 다 입 꾹 다물고 있댄 햄수다.

수억　　(한숨) 아이고, 어떵허문 좋고.

수영　　그리고 하시는 말씀이 그 사람이랑 결혼하면 자기랑 인연 끊자고.

수억　　…

수영   할머니. 그게 그렇게 잘못된 거예요?

수억   잘못된 건 아니지. 어멍도 충격 받아시난 시간이 필요헌 거주.

수영   저도 사실 엄마한테 반항하느라고 이렇게 집 나오긴 했는데, 그 사람하고도 연락을 끊은 상태예요. 어차피 그 사람한테도 너무 큰 상처를 주는 거 같아서 저도 다시 생각해 봐야 할 거 같아서요.

만수가 그 말에 내심 반가운 기색을 보이지만 이내 숨긴다.

수억   경 말라. (만수 다시 당황한다)

수영   네?

수억   그 손아이신디 무신 죄가 이시니.

수영   하지만 그 사람한테나 저한테나 서로 피해만 주는 거 같아서. 제가 그 사람 입장에서 그날 우리 엄마 표정을 봤다고 생각해 보면…

수억   경 허문 너영 어멍이영은 서로 피해 안 줜 살암시냐? 가까이 이신 사람들은 경 서로서로 정도 주고, 피해도 주고 허명 사는 거라.

수영   그럼 앞으로 그 사람하고 잘 될 수 있을까요?

수억   손아이신디도 호썰만 기다렴시랜 해 보라게. 너네 어멍신디 필요헌 건 시간이라. 시간. 이녁 똘 그추룩 잘 키워 낭, 좋은 대학에, 좋은 직장까지 보내 놔시난 사위감도 막 기

대허여지지 안 해시크냐. 똘 주젠 헌 사람 사지가 멀쩡허지 안 허문 당장 걱정부터 해지는 건 당연헌 거주. 지 몸뚱이 하나 건사허젠 해도 막 버칠 건디, 이녁 똘꺼지 돌봐지카 허여그네. 경해도 부지런히 자기 일 허영 밥 안 굶기고, 이녁 똘 막 아까왕 해주곡 허는 거 봐 감시문 차차 모심이 풀릴 거여. 초근초근히 허여. 그런 거 보여줘 봐서?

수영   아니요. 히히.

수억   차차 기다려 감시문 기회가 올 거여. 경 허난 지금 막 뭐셴 고라도 바로바로 대꾸허지 말앙 어멍 말도 맞수다, 허멍 잘 버티멍 이서 봐.

수영   네.

수억   아깐 나가 조드라정 헌 거난 이해허라이.

만수   (다시 통역) 조드라정. 아깐 걱정돼서 그러신 거래.

수영   아니에요. 제가 죄송해요.

수억   어디 딴 디 갈 생각 말앙 조반 먹어그네 막 힘 내영 돌아 댕경 오라. 가방은 방에 다시 갖다 놓고.

수영   네.

만수   근데 할머니. 어디 가시려고요?

수억   아이고, 촘말로! 오늘 어디 좀 댕경 올 디 이신디 이제랑 재개 나사사켜.

만수   어디마시? 제가 모시고 갈까요?

수억   됐져. 집이 이시라. 나 혼자 갔당 오문 된다.

수억이 밖으로 나간다. 둘만 남은 수영과 만수 사이에 어색한 침묵이 흐른다.

만수   누나.

수영   어?

만수   나 몰랐네.

수영   뭘?

만수   그런 사람 만나는 줄.

수영   이제 알면 됐지.

만수   누나.

수영   왜?

만수   사실은 나, 누나 오기를 엄청 기다렸어.

수영   나를?

만수   누나가 그 남자친구랑 헤어졌다는 소문 들리길래.

수영   그게 너랑 무슨 상관인데?

만수   사실 나, 누나 오면… 고백하려고 했었거든.

수영   뭐?

만수   아이씨! 근데 이제 엉뚱한 고백을 하게 생겨버렸잖아! 그 남자랑… 잘 되면 좋겠다고.

수영   진짜? 네가 나를? 너 나 본 지가 정말 오래됐는데 이게 무슨 일! 그동안 거의 연락도 없었고.

만수   아, 아까 내가 얘기했잖아. 나 군대 갔다와서부터 좋아하는 사람 딱 하나라고.

수영   그게 나야?

만수   그래.

수영 만수의 머리를 쓰다듬는다.

수영   으이구 이 녀석! 넌 임마, 나한테 남자가 될 수 없어. 너무 코흘리개 때 봐 가지고. 이 자식 누나가 엉덩이 한 번 뚜들겨 줄까? 볼 한번 잡아볼까?

만수   아, 왜 이래!

이때 밖에서 명희가 들어와 그 모습을 본다.

명희   어머머머머! 오라방!

만수   어! 넌 또 왜 이 시간에!

명희   왜긴! 오라방 뭐 하나 해서 왔지!

만수   뭐 하나는 또 왜!

명희   (수영에게) 이보세요, 수영씨! 백주대낮에 이 신성한 민박집에서 외간 남자랑 뭐 하시는 거예요?

수영   네? 내가 뭘요?

명희   우리 오라방 몸에 막 손을 대려고 하셨잖아요!

수영   귀여운 동생 볼 한번 만질 수도 있죠.

명희   어머, 귀여운 동생이라뇨? 외간 남자한테 막 터치하고 그러시면 안 되죠!

수영 아! 쟤는 그냥 애기예요. 애기.

명희 애기! 어머나, 그런 다정한 애칭까지!

수영 걱정 마세요. 쟤는 내 대학 2년 후배고 완전 코 찔찔 흘릴 때 봐서 아무런 감정도 있을 수가 없어요. 쟤랑 나랑 한 방에서 자도 아무 일 없을걸요. 그럼 나는 오늘도 여행을 떠날 테니 두 분이서 재밌게 시간 보내세요. 만수야, 캐리어 좀 방에 갖다 놔 줘.

수영이 밖으로 나간다.

만수 (밖에다 대고) 아니, 둘이 한 방에서 자도 아무 일 없다니! 말도 안 되지! 무슨 일 분명 생긴다고!

명희 (만수의 뒤통수를 친다) 무슨 일! 무슨 일!

만수 아! 넌 또 왜 여기 왔냐? 일도 없는 주제에!

명희 일이 있어서 왔지!

만수 무슨 일!

명희 할머니 모시러! 할머니 오늘 헛묘 가신다고 해서 내가 태워다 드리려고 왔다 왜!

만수 헛묘?

명희 그래 이 멍텅구리야! 할머니 가족들 시신 못 찾아서 비석만 세웠다고 해서 헛묘라 부르는 거 아냐! 한 달에 한 번씩 가시는데 그게 오늘인 거 몰라! 오라방 제주도 내려온 지 몇 달이나 됐는데 그것도 모르냐!

만수 근데 그걸 네가 왜! 우리 집안일인데!

명희 할머니가 날 찾으시니까 그렇지. 그러게 왜 집안일에 날 찾으실까?

만수 근데 할머니 나가셨는데?

명희 언제?

만수 한 5분쯤 전에?

명희 뭐! 아이고, 그럼 우리 사무실 앞으로 가셨을 텐데, 엇갈려 버렸네! 진작에 얘기 좀 해 주지!

만수 아니, 대체 나한테…

명희가 밖으로 뛰어나간다. 혼자 남아서, 그녀가 뛰어나간 곳을 바라보며 어처구니없어하는 만수.

만수 아, 지지빠이들 진짜!

무대 전환.

4.

제주도의 풍경 좋은 어느 해변가의 일부를 배경으로 하여 짧은 장면이 스쳐 지나간다. 그곳에 수영이 혼자 서서 전화를 하고 있다.

수영 엄마. 미안해. 어제는 내가 좀 심하게 얘기했던 거 같애. 사실 나 그 사람이랑도 연락 끊고 여기 혼자 와있어. 엄마, 나 엄마 마음 이해해보기로 했어. 엄마가 나를 사랑하는 마음이 너무 커서 그런 거잖아. 나도 사지는 멀쩡해도 속이 멀쩡하지 못한 사람들 많이 만나보고 또 많이 당해봐서 그래. 엄마, 나 당장 결혼한다 어쩐다 하지 않을 테니까 엄마도 시간을 두고 좀 더 생각해줘요. 알겠지? 나 여기서 어떤 좋은 할머니를 만났는데 그 할머니 보고 많은 걸 느꼈어. 아무리 소중한 것도 그 가치를 모를 때는 다른 사람이라는 거울을 통해 비춰봐야 한다는 거.

무대 전환.
캄캄한 밤의 민박집 마당. 고요한 가운데에 대문이 열리고 그곳으로 빛이 들어온다.
그리고 대문 밖에서 수억의 언니인 과거의 수영이 걸어 들어온다.

수영	수억아. 수억아.

잠시 후 안방 문이 열리고 수억이 어린아이처럼 뭔가에 이끌리듯 걸어 나온다.

수억	성! 성 완?
수영	기여 수억아, 나 완.
수억	성! (그녀의 품에 안긴다) 무사 이제 완? 무사?
수영	우리 수억이 성 어서도 잘 이섰지? 밥도 잘 먹어지고 이?
수억	응 성, 경 헌디 무사 경 벌벌 떨멘?
수영	응, 성 바당 속에 이서부난 호썰 추워.
수억	성, 미안해. 나가 잘못핸. 성 찾아사 헐 건디 못 찾아부난 막 미안해.
수영	괜찮다게. 촘을만 해시난 우리 수억인 걱정 말앙 잘 살암시라이?
수억	어멍, 아방은? 어멍, 아방은 어디 이서?
수영	… 나도 잘… 성 이제 갈 시간 다 되시난 그만 가보켜이?
수억	성, 가지 마! 가지 마! 나가 잘못핸. 나가.

수영이 수억의 팔을 놓고 되돌아간다. 수억은 자신도 모르게 힘이 빠져 붙잡고 있던 그녀를 놓아주게 된다. 그리고 그 자리에 주저 앉아 운다.

이윽고 대문으로 비치던 빛이 사라지고 대문 밖에서 다시 현실의 수영이 들어온다. 그리고 땅바닥에 주저앉아 있는 수억을 보고 달려가 부축하려 한다.

수영   할머니! 할머니, 왜 그러세요? 할머니!

수억   (수영을 바라보더니) 성! 성! 가지 마 성! 나가 잘못핸! 나가 잘못핸! 성 바당 속에 고만히 있게 행, 나가 막 잘못핸!

수영   네?

수억   성이영, 아방이영, 어멍이영 다 찾아사 헐 건디, 못 찾안. 다 나 잘못이라. 나가 잘못핸!

수영   할머니. 저 수영이에요.

이때 안채 건넌방에서 눈을 비비며 나오다가 이 모습을 보고 뛰어오는 만수.

만수   할머니! 할머니!

만수가 부축하자 수억은 그를 보더니 현실을 인지하게 된다.

수억   만수가?

만수   예. 할머니. 저 만수마시.

수억   (수영을 바라보더니) 수… 영…

수영   네. 저 수영이에요. 서울서 온 수영이.

수억이 조용히 일어나더니 안채의 방으로 걸어 들어간다. 그녀를 부축하여 함께 들어가려는 만수를 수억은 제지시키고 혼자 들어간다.

수영   (조용한 말투로) 무슨 일이야?
만수   별일 아니야. 가끔 밤중에 마당에 나오셔서 울고 하시는데 약간의 몽유병 같은…
수영   아… 무슨 사연이 있으신 거 같은데.
만수   나도 잘 몰라. 4.3 때 가족을 모두 잃으셨다고 한 것 말고는.
수영   4.3?
만수   응. 그리고 시신들을 못 찾아서 헛묘를 쓴다는 사실도.
수영   헛묘?
만수   4.3 때는 그런 경우가 많았는데, 시신 없이 비석만 세우고 묘라고 하기도 했거든.
수영   가족들 시신을 하나도 못 찾았다고?
만수   그렇지.
수영   나보고 성이라 하시던데, 성이라면 오빠를 말하는 건가?
만수   제주도에서는 동성 형제를 성이라고 하니까 할머니한테는 언니를 말하는 거겠지.
수영   아, 언니.
만수   근데 직접 말씀은 안 하시니까.
수영   언니랑 무슨 사연이 있길래?
만수   글쎄.

수영	아까 들어보니 바다 속에 그대로 있게 해서 미안하다고.
만수	바다?
수영	응. 바다.
만수	그게, 아마도 명희가 더 자세히 알 거야. 4.3 유족 보상 문제를 담당하고 있어서.
수영	근데도 명희씨한테 안 물어봤어?
만수	딱히 그럴 기회가 없어서.
수영	으이구. 손자가 돼가지고는.
만수	그렇게 밝히기 싫어하시는데 뭐. 누나, 어서 들어가서 자.
수영	먼저 들어가. 나 바람 좀 쐬고 들어갈게.
만수	그래? 같이 있어 줄까?
수영	됐어. 넌 가서 할머니나 잘 모셔.
만수	그럼 나 들어갈게.

만수가 할머니의 방으로 들어가고 수영이 혼자 남는다.
무대 전환.

5.

명희가 근무하는 주민센터의 휴게실.
수영이 자판기에서 뽑은 차를 마시고 있고 뒤늦게 명희가 나타난다.

명희 웬일로 저를 보시자고…?

수영 바쁘신데 귀찮게 해드려서 죄송해요.

명희 바쁜 건 아닌데. 그나저나 여행 오셔 가지고 한참 돌아다니실 시간에…

수영 뭐 하나 여쭤보려구요.

명희 뭘요? 혹시 만수 오라방에 대한…

수영 아니에요. 아직도 오해가 안 풀리셨구나. 저 결혼할 사람 있어요.

명희 네? 결혼이요? 그럼 왜 그분이랑 같이 안 오시고.

수영 아, 엄마가 반대를 심하게 하셔서 머리 좀 식히려고 온 거예요. 그 사람 다리가 불편한 장애인이거든요. 근데 잘 해결될 거예요. 전 그 사람 아니면 안 되거든요.

명희 (급격히 호감이 생기며) 아, 그러셨어요? 어머 언니! 언니, 너무 좋은 분이시다! 저 언니 처음 볼 때부터 완전 내 스타일이라고 생각했던 거 아시죠?

수영 그럼 우리 이제부터 친해지는 건가요?

명희	이제부터라뇨. 우리가 언제는 뭐 멀기라도 했었나요?
수영	그럼 이제 부담 없이 물어봐도 되겠네요.
명희	아우, 그럼요. 얼마든지 물어보세요.
수영	할머니에 대해서 궁금한 게 있어서요.
명희	할머니요? 아, 그때 그 해산물 때문에…
수영	네. 할머니. 4.3 때 가족을 모두 잃고 시신도 못 찾으셨다던데.
명희	네.
수영	근데 어제 간밤에 저를 보시더니 '성' 하시면서 막 우셨거든요. 왜 그러셨을까요?
명희	아…
수영	그리고 바다 속에 그대로 있게 해서 미안하다고.
명희	아… 바다…
수영	혹시 그 정방폭포하고도 관련 있는 걸까요?
명희	아마 그럴 수도…
수영	뭔데요?
명희	할머니 언니 되시는 분 이름이 바로 김씨 성에, 수자 영자예요.
수영	저랑 이름이 같으시네요.
명희	네. 근데 제가 사진도 봤었는데, 외모도 좀 비슷하세요.
수영	그래요?
명희	그때 할머니네는 서귀포에 사셨었대요. 할머니한텐 형제가 오빠, 언니, 그렇게 계셨구요. 오빠 되시는 분이 한라산

47

봉기군에 가담하는 바람에 순식간에 빨갱이 집안이 되어 버린 거예요. 그래서 경찰의 표적이 될 수밖에 없었고, 빨갱이 색출 명령이 떨어지자마자 마을은 쑥대밭이 됐죠. 부모님들 다 잡혀가셨는데 그때 학살 장소가 정방폭포였다고 해요.

수영　네? 정방폭포요?

무대 전환.
다시 무대는 민박집으로 변화되고 수억이 툇마루에 걸터앉아 있다. 그리고 그 양쪽 옆에 수영과 만수가 앉아있다.

수영　할머니. 정방폭포 얘기해 주실 수 있으세요.

수억　…

수영　전 몰랐어요. 저 바닷가, 한라산과 오름들, 그리고 정방폭포, 너무 아름다운 풍경으로만 알고 그저 예쁘다고 사진 찍을 줄만 알았지, 그 안에 어떤 사연들이 있는지 전혀 몰랐던 거예요. 그런데 이제는 그 풍경들 그대로 못 볼 것 같아요. 그래서 더 알아보고 싶고 또 사람들에게 제대로 알려주고 싶어요. 얘기해주시면 제가 많은 사람들에게 그 안에 담긴 아픈 사연들 알리도록 노력할게요.

수억은 여전히 말이 없다. 그녀의 대답을 들으려 하던 수영과 만수는 어쩔 수 없다는 듯 자리에서 일어나려 한다. 그때 천천히 입을 여는 수억.

수억   우리 성은, 요샛말로 우리 '언니'는 참 곱닥헌 사람이라났
져. 난 그때 여덟 살, 우리 언니는 열세 살. 아방은 하루 종
일 밭에 강 일 허고, 어멍은 해녀라나시난 하루 종일 바당
에 강 전복이영 해삼이영 건져 올렸주. 오라방은 공부허
레 학교 댕기고. 집에는 언니영 나영 둘이만 이서나고. 언
니가 밥도 출려주고, 옷도 입혀주고, 머리도 빗어주고 해
시난 나신딘 완전 어멍이나 다름 어섰주. 경허당 어느날
집안에 시커멍 헌 폭도들이 쳐들어왕 젊은 손아이 내놓으
랜 막 죽창 들렁 겁주는 거 아니라. 경 허난 오라방이 곱아
불지도 안했당 알았댄 허멍 따라가분 거라. 나중엔 순경
들이 또 찾아왕 산대레 올라간 빨갱이 이시옌 막 들쑤시
멍 댕기는 거 아니. 아방 어멍은 그런 사람 어수댄 딱 잡
아 뗐주게. 경헌디 나중엔 보난 경 산에 올라가분 손아이
들이 혼둘이 아닌 거라. 무사냐 허문, 마을에 그냥 이서도
빨갱이로 몰앙 잡아가부는디 어차피 올라갈 수백이 어신
거라났주. 경 허난 나중엔 빨갱이 마을이옌 군인들이 막
들이닥쳐그네 어른이옌 헌 어른들은 다 잡아갔주게. 우리
어멍은 잡혀가기 전에 나영 언니영 밀치멍 막 산대레 돌
으랜 안 허여. 경해도 어멍이영 아방이영 잡혀감신디 어
떵 그냥 갈 거라. 마을 바깥이 어디 산담 밑에 곱앙 있당
솔째기 따라가봤주게. 거기가 바로 정방폭포 위에 전분창

49

고라.

이때 무대가 바뀐다.
무대는 4.3 당시 제주도의 정방폭포 위 전분창고를 배경으로 한
다. 그 근처의 어느 큰 나무 밑에 어린 수억과 언니 수영이 숨어있
다. 우렁찬 폭포 소리와 함께 두 사람은 숨죽이며 창고를 배경으
로 벌어지는 학살의 현장을 목격한다.

수억 성. 성. 우리 어멍 아방 저기 이신 거?
수영 쉿. 고만 이서 봐.

이때 무대 앞으로 나온 군인이 장총을 들어 가상의 도민들을 향해
총구를 겨눈다.

군인 이제부터 빨갱이 가족들을 즉결 심판한다. 고용호 아비
고순태, 어미 김순영, 진성찬 아비 진성민 어미 민순자, 양
진영 아비 양철민, 어미 김말숙, 김수복 아비 김성철, 어미
조일하…

수억 성, 저… 저기 우리 아방 어멍 아니?
수영 쉿.
수억 아방 어멍 불렀잖아. 저 군인들이 우리 아방 어멍 어떵 헐 거?

그가 한 명씩 총구를 겨누고 방아쇠를 당길 때마다 총소리가 울린다. 탕, 탕!

수영이 수억의 귀를 막고 그 광경을 보고 있다. 그러다 어느 총소리에 수억이 크게 비명을 지른다. 아마도 부모의 죽음을 보았을 때일 것이다. 그때 수영이 그녀의 입을 막지만 이미 군인들의 주목을 끈 뒤였다.

군인이 뒤를 돌아보더니 비명소리가 난 나무 밑으로 다가가 그들을 발견한다. 수영은 얼른 수억을 몸으로 덮어서 보호한다.

군인   뭐야?

수영   아무것도 아니우다. 우리 아무것도 안 해수다.

군인   빨갱이 가족이 쥐새끼처럼 숨어 있었구만. 어서 이리 나와.

수영   (수억을 가리키며) 야인 아무것도 몰라마시. 그냥 아기우다, 아기!

군인   (수억을 확인하고는 다시 수영에게) 그럼 너만 따라 와!

군인은 수영의 팔을 잡고 끌고 가려 한다. 수영은 혼자서 잡혀가려 하지만 수영의 팔을 놓지 않는 수억.

군인   (다시 다가가 수억을 발로 차서 떼어놓으며) 꼬마는 저리 꺼져!

수억이 내동댕이쳐지고 군인은 수영의 팔을 잡고 끌고 간다.

수억   성! 성!

수영   (잡혀가면서) 성은 괜찮으난 따라오지 말앙 저레 가! 재개 가!

그 자리에 꼼짝 못 하고 서 있는 수억은 수영이 끌려가는 것을 보고만 있을 수밖에 없다.
군인은 수영을 폭포 근처로 끌고 가 꿇어앉히고 총을 겨눈다.

군인   이름!

수영   …

군인   (수첩을 꺼내어 보고는) 김수복 아비 김성철 딸 김수영 맞지? 저 꼬마는 김수억이고,

수영   아니우다! 아니우다!

군인   상관없다. 빨갱이 가족 아무개 즉결 심판한다.

군인. 총을 겨누고 방아쇠를 당기자 총소리와 함께 그 자리에 쓰러지는 수영.
점점 커지던 폭포 소리가 갑자기 멈춰지고 모든 세상이 멈춘 듯 고요해진다.
현재로 돌아온 수억. 그리고 그 옆에 서서 지켜보고 있는 현재의 수영.

수억   정방폭포에 폭포수 따랑 사람들이 막 떨어지는 걸 봤주. 거기 우리 어멍 아방도 떨어지고, 우리 성도 떨어지고 그 시

신들이 파도에 실령 바당으로 흘러가는 것도 봤주. 난 그 자리에서 꼼짝도 못 허영 계속 상 이서났주. 하도 울어그네 눈물도 말라불엉 몸도 얼어불엉 그추룩 다 끝나불엉.

현재의 수영과 만수 그녀를 쳐다보고 있다.

수억 이젠 알아지크냐? 정방폭포 앞 바당엔 우리 아방이영 어멍이영 성이영, 피영 살이영 떨어정 있져. 경 허난 그 피영 살이영 먹엉 사는 전복이영 해삼이영 물괴기영 나 입속으로 담아지크냐. 당최 아니 된다. 아니 되여.

수영 (과거의 수영을 자처하며 수억에게 다가가 그녀를 안으며) 수억아, 수억아, 이젠 괜찮허다. 괜찮허여. 우리 아방이영 어멍이영 나영 이젠 바당에 어성 하늘 나라에 좋은 디 갔져. 하늘 나라에 좋은 디 가시난 우리 수억이 이젠 바당은 쳐다보지 말앙 하늘만 쳐다보멍 펜안허게 살암시라이. 펜안허게.

수억 예. 성. 알아수다. 알아수다.

수영이 수억을 품에 안아준다. 그리고 그들은 조용히 고개를 들어 하늘을 쳐다본다.
폭포 소리가 점점 크게 들려온다.

무대 전환

대문 앞.

캐리어를 들고 걸어 나오는 현실의 수영.

수영 그랬어요. 파랗고 노랗고 하얀 색으로 덮인 섬. 그 섬은 아
픈 섬이었어요. 그 파란색은 할머니 가슴에 든 시퍼런 멍
이었어요. 가족 모두 바다로 떠나보내고 그 바다 제대로
못 쳐다보시던 그 할머니 보면서 나 생각 많이 했어요. 엄
마, 내 곁에 여전히 계셔주셔서 감사해요. 저는 그간 어떤
땅 위에 살아왔는지가 궁금해져요. 엄마의 엄마 또 그 엄
마의 엄마가 딛고 살아왔던 그 땅은 무슨 색일까요?

막.

한국 희곡 명작선 121

살암시난

초판 1쇄 인쇄일   2022년 11월 1일
초판 1쇄 발행일   2022년 11월 7일

지 은 이   강재림
만 든 이   이정옥
만 든 곳   평민사
          서울시 은평구 수색로 340 〈202호〉
          전화 : 02) 375-8571 / 팩스 : 02) 375-8573
          http://blog.naver.com/pyung1976
          이메일   pyung1976@naver.com
등록번호   25100-2015-000102호
ISBN   978-89-7115-062-7 04800
          978-89-7115-663-6 (set)
정   가   7,000원

이 책은 사단법인 한국극작가협회가 한국문화예술위원회의 2022년 제5회 극작엑스포
지원금을 받아 출간하였습니다.